LES QUARANTE VOLEURS

DE LA

HAUTE PÈGRE EN 1861

OU

LES FORBANS DU 2 DÉCEMBRE 1851

DITS

LES INSOLVABLES

LES QUARANTE VOLEURS

DE LA

HAUTE PÈGRE EN 1861

OU

LES FORBANS DU 2 DÉCEMBRE 1851

DITS

LES INSOLVABLES

Du balcon des Tuileries, quarante voleurs vous contemplent.

La France depuis dix ans donne un tel spectacle de honte à l'Europe ; qu'on rougit à l'étranger, d'avouer qu'on est petits fils de ces géants de 89 et 93 ; aussi l'homme aux convictions profondes, n'avait plus qu'à se recueillir, devant cette ridicule jonglerie, cette sale parodie, de la sublime épopée de 89 : attendant le jour, où ce peuple qui fit trois révolutions, voudra ouvrir les yeux, secouer son ignoble aplatissement et précipiter dans l'égout, ce misérable Mardi gras, appelé Empire.

Les écrivains les plus illustres, armés du courage du désespoir, ont voulu, malgré les dangers de la vérité sur la terre d'exil, prouver au monde qu'il restait encore des cœurs généreux, qui ne s'étaient pas vautrés, que loin de lécher les bottes du brigand couronné, ils révèleraient ses forfaits et ne se lasseraient de flageller cette orgie que le peuple égaré a laissé passer à l'état de fait accompli. Malgré leurs satyres brûlantes, stigmates de l'époque, rien jusqu'à ce jour, n'a pu galvaniser ce corps, appelé Nation Française.

14 Juillet ! 10 Août ! dates mémorables ! vous êtes oubliées ! plus d'anniversaires ! et toi 21 Janvier ! tu es maudit !!! en 58, les Romains, inspirés par l'amour de la re-

connaissance, dans leur impatience fébrile, ont conservé ton nom, mais avancé et rajeuni ta date en la fixant au 14. O mânes d'Orsini !!! resterez-vous sans vengeur ? Le *Grand* et *Libéral* Cavour a-t-il atrophié ta race ?

Les Hugo, Quinet, Michelet, Sue et tant d'autres, aux idées généreuses et au style de feu, n'ayant pu faire balayer ce tas d'ordures, nous devions garder le silence, mieux dire eut été impossible, écrire donc était stupide.

> Il a tué les lois et le gouvernement
> La justice, l'honneur, tout, jusqu'à l'espérance.
> (V. Hugo. *Châtiments*).

La lecture depuis quelque temps de correspondances de nos amis nous a redonné la vie, pleins d'ardeur et de courage, nous apportons dans l'arène notre faible secours pour purger non-seulement de France mais du *Globe*, jusqu'au souvenir des Bonapartes de tout sexe, grands, petits, passés, présents et futurs ; *choléra* de l'Humanité. N'est-ce pas de cette race maudite qu'on peut dire avec Salluste : « mais » quels sont donc les monstres qui se sont emparés de la » République ? Ce sont les plus scélérats des hommes : leurs » mains homicides sont toujours dégoutantes du sang des » victimes qu'ils égorgent ; leur avarice n'est comparable » qu'à leur orgueil insensé ; rien n'est sacré pour eux, et » ils emploient, pour arriver à leurs fins, tous les moyens, » coupables ou licites, qui peuvent assurer l'accomplisse- » ment de leurs sanguinaires desseins. »

Notre courage double, en lisant dans le *Confédéré de Fribourg*, journal qui depuis dix ans ne cesse de marquer d'un fer rouge ce flibustier et ses complices.

Je vous disais dans une de mes dernières lettres que les plus féroces partisans de la *répression* en 1851, invoquaient en 1861, avec plus de force que nous autres, s'il est possible, l'*expansion* (la dilatation, l'espace, enfin l'air libre). C'est à la lettre. Le hideux régime qui violemment s'est imposé à notre lâcheté, commence à peser aux plus encroûtés. Seulement ils ne voient point de solution encore.

J'ai assisté, il y a trois jours, à une réunion de notables de la Gironde, tous anciens libéraux et conservateurs. Je vous cite les deux questions posées et discutées. « Est-ce l'empire qui est capable de rendre à la France la liberté qu'il lui a ravie et dont la réapparition le tuerait ?

« Est-ce l'empire qui est capable de métamorphoser la vieille société qu'il a *sauvée* et reconstituée en une *féodalité financière*, asservissant le travail au capital, comme l'intelligence à la force, sous la garde de 500,000 prétoriens ? »

La réponse unanime a été celle-ci :

« Tout ce dont l'empire a été capable de 1852 à 1860, c'est d'ajourner la solution des questions posées par la République de 1848. A cette heure elles se pressent devant lui, autour de lui, contre lui. Combien de temps réussira-t-il encore à les tenir en suspens, à rester sans principes dans la lutte des principes ? Combien de temps la Réaction et la Révolution lui permettront-elles de les satisfaire à demi et de les irriter l'une et l'autre, de les trahir tour à tour ?

Entraîné par le mouvement extérieur, il n'est pas maître de la politique intérieure ; de même, à l'intérieur, il lui est impossible de rester despotiquement immobile. Il n'y a plus d'équilibre entre les partis. Tous ceux que l'empire a satisfaits sont devenus ses ennemis acharnés et font sous lui un vide qu'il ne peut pas combler lui-même, parce qu'il n'est rien, mais dans lequel rentrent les ennemis de ses ennemis. Or, quels sont ceux qui avancent naturellement à mesure que recule le flot de la réaction ? Précisément ceux que l'empire fusillait, déportait, exilait, réduisait au silence ou à l'inaction, quand il épargnait les autres ; ceux qu'il a anéantis enfin au moyen d'une amnistie tempérée par la loi de sûreté générale : *les républicains*. Or, il faut se préparer aux éventualités et mettre fin une bonne fois à l'équivoque ; l'empire français enfanterait une équivoque universelle, grâce à laquelle le genre humain, une fois de plus dévoyé, éviterait, en redevenant immobile, de tomber immédiatement dans le précipice ouvert devant lui. Mais, après des mois, des années, si l'on veut, d'arrêt dans l'obscurité, la situation se retrouverait d'autant plus critique que les questions, laissées une à une irrésolues, surgiraient toutes ensemble, exigeant une solution immédiate et radicale ; et alors il faudrait d'un bond sauter par-dessus un précipice beaucoup plus large que celui devant lequel on aurait précédemment reculé.

Retrouverait-on tout-à-coup, juste à l'heure voulue, la

force d'accomplir un pareil prodige? On en peut douter, car les efforts à vide et les désillusions qui suivent les demi-victoires ou les demi-défaites, épuisant peu à peu les volontés les plus fermes, comme le mélange des faits incohérents et des principes bons et mauvais trouble les raisons les mieux constituées, les consciences les plus rigides. » Je vous répète que ce sont des conservateurs qui ont ainsi parlé.

Fermement convaincus que dix ans de *carcere duro*, d'atmosphère de plomb de Venise, de machine pneumatique et d'abrutissement sans égal, ne peuvent plus durer (Le *Macaire* est très-pâle, très-amaigri et commence à puer le cadavre ; malgré les dénégations désintéressées des *Bertrands*) nous avons cherché un titre qui répondît à la vie de ces *dépénaillés :* — véritable écurie d'Augias ; jadis grecs aujourd'hui millionnaires, passementés, galonnés, dorés, enrubannés, couverts de *crachats :* marauds! qui ont fait de la France une crèche, un chapeau et un plumet! — nous sommes persuadés que le lecteur nous l'homologuera sans conteste :

> Ces gueux, pires brigands que ceux des vieilles races,
> Rongeant le pauvre peuple avec leurs dents voraces,
> Sans pitié, sans merci.
> (V. HUGO. *Châtiments*).

Qui de nous, n'a pas lu dans son enfance une histoire des quarante voleurs ; chaque page nous serrait le cœur, nous restions émus, palpitant ; le récit de leurs meurtres, nous glaçait d'horreur, tous ces drames nous les taxions avec raison d'imaginaire. La tâche que nous nous imposons aujourd'hui est de prendre tour-à-tour, dans ce bivouac de *détrousseurs publics,* en l'an de grâce 1861, société anonyme d'exploiteurs et d'escrocs (autorisée par la *gendarmerie*), dont le directeur, qui a mis sa botte éculée, vernissée de sang, sur la gorge de la France, pense et agit pour elle, d'après ses propres déclarations ; chacune de ces figures hideuses et patibulaires, qui feraient rougir *Lacénaire* et *Mingrat*. Nos récits n'auront rien de romanesque, ce sera de la pure histoire contemporaine, qui soulèvera le cœur, sans cependant pouvoir être taxée d'exagération, chacun avec un peu de bonne volonté pouvant vérifier les faits.

Oui, nous voyons cela ! nous tenant dans leurs serres,
Mangeant les millions en face des misères.
(V. Hugo. *Châtiments*).

Beaucoup d'écrivains ayant déjà cloué au pilori les noms de ces monstres, il nous arrivera d'avoir des redites, mais les redites de ce genre ne sont jamais de trop quand on a pour lecteurs, cette société pourrie, masse fascinée, avachie, sans probité ni honnêteté, pour qui la fin justifie les moyens, bande de faux monnayeurs, ayant pour balancier sous la mamelle gauche une pièce de 5 francs, qui la rend sourde et aveugle quand même :

Paix ! disent cent crétins ! c'est fini. Chose faite.
Le Trois-pour-cent est Dieu, Mandrin est son prophète.
Il règne. Nous avons voté. *Vox populi*
(V. Hugo. *Châtiments*).

Malgré les redites il y aura encore une multitude de faits nouveaux qui intéresseront, le scandale est comme la Bourse il a sa prime ; la vie de ces malandrins n'est et ne peut être qu'une série perpétuelle de crimes, de vols, de floueries, de dilapidations ordinaires et extraordinaires, toujours avec la magistrature *actuelle*, suivie d'impunité ; aussi tout homme accusé de vol, de meurtre et de rapines, à chaque question de tous présidents de tribunaux, ne leur donne-t-il que le titre de *collègues*.

O France ! terre classique de la civilisation, du libre penseur, du patriotisme ! toi qui faisais rayonner la liberté sur l'Univers ! toi si enthousiaste au début de 48 ! Qu'est-tu devenue ? Quelle honte ! Quelle dégradation ! Tu es muselée ! bridée ! sellée ! par toute cette racaille, qui depuis deux lustres ne cesse de t'enfoncer son éperon dans les flancs, de te rougir de ton sang et de tes sueurs en te cravachant à merci, et tu n'as encore crié. Halte-là !

Il est là, ce César chauve-souris qui dit
Aux rois : voyez mon sceptre, aux gueux : voyez mon crime ;
Ce vainqueur qui, béni, lavé, sacré, sublime,
De deux pourpres vêtu, dans l'histoire s'assied,
Le globe dans sa main, un boulet à son pied ;
Il nous crache au visage, il règne ! nul ne bouge.
(V. Hugo. *Châtiments*).

Ces ruffians déguenillés, aujourd'hui frisés, poudrés, pommadés, l'antichambre dans le salon, ont donné à leur *bravi*, le titre d'empereur :

> Qu'il soit le couronné parce qu'il est le pire ;
> Le maître des fronts plats et des cœurs abrutis.
>
> (**V. Hugo**. *Châtiments*).

Les proches ont été qualifiés de princes du sang, affublés en *altesses* : les sous-coquins ou le fretin s'est déguisé en excellence, s'est donné du monseigneur (c'est du *monsignor* qu'on devrait dire). Infâmes ! avant de prendre des titres, lavez vos mains !

Orléanistes, légitimistes, congréganistes, ultramontains, goupillon mâle et femelle, vous avez tous pris part à cette danse macabre pour tuer la démocratie ; et vous, ministres de toute religion, esclaves du coffre-fort avant tout, vous vous êtes mis à quatre pattes, vous avez fait fumer en son honneur la myre et l'encens, mêlé à vos cantiques, vous l'avez proclamé, élu de Dieu ! fils aîné de l'Eglise ! Sauveur !

> Prêtres, nous écrirons sur un drapeau qui brille :
> — Ordre, Religion, Propriété, Famille.
>
> (**V. Hugo**. *Châtiments*).

Qu'est donc votre Dieu ? Le sang ! Votre religion ? un feu de peloton !

Tous, vous avez passé sur le ventre de la conscience et alors comme la prostituée, ayant jeté toute pudeur au vent, vous avez adoré le Dieu *million* ; ce qui vous rend moins excusable, c'est qu'avant cet horrible forfait aucun de vous n'ignorait que les Tuileries de cette bohême c'était *Clichy* et *Bicêtre*. Toi Peuple, croyant trouver le dénouement de tes misères, l'Eldorado, l'âge d'or, la poule au pot, écoutant tes plus cruels ennemis, tu as suivi le torrent qui a englouti ta liberté ; de ton erreur, sont nés bastilles, boulevards stratégiques, églises, couvents, qui ont plus que jamais rivé tes fers à la misère.

Il vous a tous larronnés et aujourd'hui comme Gavet, vous voudriez bien vous en aller : Orléanistes, Légitimistes, prêtrailles, à vous seuls incombe le mal, subissez-le ou réparez vite votre crime, surtout n'oubliez pas que le peuple que vous avez égaré à l'œil sur vous. Trop tard vous reconnaissez que vous eussiez mieux fait d'aller dans les bagnes et dans les plus infâmes maisons de débauche et de *crapule*, chercher une famille pour la placer sur le trône, vous n'auriez jamais pu en trouver une aussi *vile* que celle qui règne sur vous !

Cette soumission abjecte de la part d'un peuple éclairé, à une race de canaille, a déjà malheureusement deux exemples dans ce siècle ; quelques aperçus que nous donnerons plus tard sur l'oncle, si improprement surnommé le Grand, à moins que ce ne soit pour ses crimes ; idole des *Casmajous* et des *ratapoils*, prouveront que l'impérial neveu, *Mandrin* des Français, a voulu confirmer l'axiome : « bon chien chasse de race. » Le sang de la messaline Hortence doublé de Hollandais, pouvait-il dégénérer ?

Toi, faux prince, cousin du blême hortensia ;
Hidalgo par ta femme, amiral par ta mère,
Tu règnes par Décembre et tu vis sur Brumaire.
(V. Hugo. *Châtiments*).

Bourgeois, prolétaires, esclaves qui rongez votre frein, retenez bien : que deux fois du tombeau de la République est sorti un spectre, hideux, plus effrayant que tous ceux qui ont jamais épouvanté l'imagination et triomphé du courage de l'homme.

15 Août, fête d'obligation ! nous le devons une mention honorable : salut au patron du sabre et du poignard ! salut au protecteur des infortunes illicites, des faillis, des *notaires malheureux*, des verreux, des tarés, des banquiers et des Juifs, arcs-boutants de *l'orgie de l'ordre !*

Invalides, vieux bandits de Waterloo ! vestiges de gloire plutôt que d'honneur : à vos pièces ! Canons, *suprema ratio* des Césars, faites retentir votre voix de mort ; clairons sonnez vos fanfares de meurtre : Bourgeois, cet hourvari, c'est la confusion des langues, nouvelle tour de Babel ; le renversement de toutes les notions : c'est comme dit Victor Hugo : *Humanité* lisez *Férocité*, *Bien-être universel* lisez *Bouleversement*, *Fraternité* lisez *Massacre*, *Terrorisme* lisez *Empire*, *Evangile* lisez *Masas*, *Lambessa* et *Cayenne* ; c'est la douille d'un crucifix à une gueule de pistolet ; c'est une mixture de zouaves, de jésuites, de capucins, de nonnes et d'ignorantins ; c'est le sabre bras-dessus, bras-dessous avec l'aspersoir se rendant à la guinguette, l'air est saturé de soufre et d'eau-bénite ; le procédé Ruoltz est seul breveté du gouvernement. Saint Roch et l'Immaculée sont détrônés, ordre du vieux : Lévites du Seigneux, dépêchez-vous de remplacer ces vieilles conserves par celles plus fraîches de St-Napoléon, Cartouche-le-Grand l'a décrété, Cartouche-le-petit a mis son *vu* et *approuvé*, ou vous n'émargerez plus. Pour les éminents services rendus à votre chef Pie VII et ceux actuels à son successeur Pie IX; vous leur devez bien une petite place dans votre catalogue d'égorgeurs religieux, baptisés par vous du nom de martyrs.

Allons, charlatans! faux interprètes d'un être suprême, endossez vos aubes sacrées, canonisez-les, prosternez-vous le ventre contre terre, la face dans la boue, comme dit Hugo, vautrez-vous, chantez force *Te Deum!* hurlez vos *alleluia!* aujourd'hui comme alors vous grimacerez vos prières; mais comme Bilboquet vous sauverez la casse. — *Lex suprema!*

Boutiquiers, réjouissez-vous! fermez vos magasins, parez leurs façades de banderolles et de lampions, l'escompte est bas, les rentrées faciles, la faillite impossible, la clientelle nombreuse, vos comptoirs regorgent d'or et d'argent, les affaires sont de plus en plus brillantes! (En juillet dernier, 142 faillites ont été déclarées à Paris, c'est 27 de plus que le chiffre le plus élevé qu'on ait eu. La situation est très-menaçante).

Prolétaires, quittez vos ateliers, revêtez vos habits de fête, vous devez tous en avoir, le travail surabonde, votre salaire se change en superflu, jamais temps si prospère, « *Poleion, nous l'avons avec Crain-plomb,* » c'est aujourd'hui votre mardi gras, le *panem* et *circenses* des empereurs romains, courez avec vos femmes et vos enfants, venez faire nombre, grossissez la foule, afin que le *Moniteur* ou le *menteur* du jour, puisse enregistrer votre enthousiasme, le proclamer à toute l'Europe et le répéter à la France par l'écho des renégats Havin et Gueroult. C'est votre seule jour de lumière, ce n'est pas trop sur 365! Les spectacles gratis, les lampions, les bouquets d'artifices, tout cela est pour vous afin que pour tant de munificences, vous puissiez proclamer votre bonheur et crier : *Ave* César! (Demain la coalition, la grève, la faillite, la misère, la faim vous rappelleront à la réalité).

Bourgeois, prolétaires, demain l'inexorable percepteur, le caron du jour, qui n'attends jamais (*Poleion* a grand soif et grand faim), vous réclamera votre part de centimes additionnelles, dépensées en feux de joie: votre part des banquets des six mille coquins, aujourd'hui centuplés, *dé-vorée* en libations aux cris de : Vive Soulouque ! Ce sera le quart d'heure de Rabelais, la carte à payer, quoique vous n'y aurez pris aucune part. Vous murmurerez (bien bas), vous aurez tort, ne les avez-vous pas tous proclamés : les sauveurs de l'ordre et de la famille !

Malgré la flétrissure que Lasteyrie leur imprima, du haut de la tribune, il vous reste encore un certain prestige pour ces ratapoils, vieux *chicots*, vieilles croûtes, vampires du jour, épaves d'un autre âge, justifiant si bien l'adage : « vieux soldat, vieille bête, » vous vous glorifiez en eux parce qu'ils sont incomplets, crucifiés, médaillés, ayant à la boutonnière une marque d'infamie, rouge ou *merde-d'oie*.

> Quand sur votre poitrine il jeta sa médaille
> Ses rubans et sa croix.......
>
> (V. Hugo. *Châtiments*).

Ce hochet, c'est le prix de la consigne : adorer ! du mot d'ordre : tuer ! c'est le prix du nec plus ultra du crétinisme ! c'est le mot de ralliement : *espionner !* (les médaillés sont corporés en une légion chargée de répandre les « bons principes » et de moucharder leurs concitoyens).

Ces culottes de peau sont les annexeurs du jour, ces bipèdes fossiles se trouvent partout ; même dans les pays libres. Chacun de vous sait que Boustrapa, a été reçu citoyen de la patrie de Tell, toujours altéré du sang des peuples, il veut égorger cette mère qui le recueillit dans son naufrage, comme il assassina la République Française et Romaine, il convoite cette terre de liberté et veut l'annexer, les vieux grognards, quoique Suisses, le savent. mais en êtres abrutis et dégradés, ils secondent sourdement ses appétits gloutons (eux aussi oublient dans les lieux publics ces papiers roulés demandant l'annexion). Vous vous étonnez, c'est à tort. Le prêtre et le soldat ont une origine commune, même esprit, mêmes mœurs, même vœu, abdication de la patrie et de la famille ; l'un ne reconnaissant pour chef que l'Eglise et le pape, l'autre le drapeau et l'Empereur ; ce dernier, comme dit V. Hugo, à deux masques, d'un côté il met son grand sabre et s'écrie : sacrebleu, grognards ! fêtons Cartouche-le-Grand ! de l'autre il baisse les yeux, fait le signe de la croix, communie et marmotte : mes très-chers frères, adorons le Sacré Cœur de Marie, sa main baignée de sang trempe le doigt dans l'eau bénite.

Ouvriers, cet astre radieux autour duquel vous gravitez, est pour vous synonyme de prospérité. La prime trentenaire est couverte de vos souscriptions. Grève à Marseille! grève à Lille! grève à Lyon! faillite de toute la Normandie! démontage des métiers! c'est sans doute là votre caisse d'épargne!

Bourgeois, écartons un instant le coin du rideau, et admirons ensemble le bel ordre de chose que vous soutenez. Quelle moralité!

« Millionnaires, fonctionnaires et bénéficiaires du *Deux Décembre*, endormez la Justice éternelle, car elle a les yeux sur vous! Elle vous regarde obstinément, et elle attend! » Ainsi était formulée la conclusion d'une brochure célèbre. — Victor Hugo, s'adressant aux Français décembrisés, s'écriait, en 1852 déjà : « *Du haut de ces pyramides quarante voleurs vous contemplent.* » Et le mot du grand justicier se vérifie et la prophétie de la brochure se confirme! Comme les drames se succèdent! drame *Mirès*, drame *Saint-Georges*, drame *Vidil*, drame *Pégot-Ogier*, drame *Calley-Saint-Paul*, drame *Dieu*. Mirès est à peine réintégré dans sa prison, où il maudit ses juges, — il en a le droit pendant vingt-quatre heures, — que voici de Saint-Georges, le propre directeur de *l'imprimerie impériale*, honoré par l'empereur de la dignité de commandeur de *l'Ordre de la Légion d'honneur*, issu d'une honorable famille, allié à une famille également honorable — celle de feu le général *Bernard*, — que voici de Saint-Georges qui prend la fuite pour échapper à la prison et à ses créanciers. De Saint-Georges, malgré ses 55 ans, avait des goûts de jeune homme, et c'est ce qui l'a perdu. C'est là une de ses simples peccadilles telles que Paris en voit plusieurs chaque année; mais que dire du crime commis par M. *de Vidil?* M. de Vidil a tenté d'*assassiner* son fils! Voici ensuite M. Dieu, *directeur du Mont-de-Piété*, également en fuite; voici Calley-de-Saint-Paul, banquier associé de *Morny*, beau-père du général *Fleury*, intime de l'empereur, *maquignon de ses amours et de ses écuries*, trompant la reine Christine pour douze millions, poursuivi pour escroquerie, également en fuite: enfin le banquier Pégot-Ogier, également en fuite laissant un déficit énorme, A quand les autres? A Mirès, succède Saint-Georges ; à Saint-Georges, Pégot-Ogier ; à Pégot-Ogier, Calley-de-Saint-Paul ; à Calley, Dieu. Tous en fuite, avec Solar, Dieu excepté. Le pauvre diable qui vole une miche de pain est jeté aux Madelonnettes ; le banquier qui a volé des millions, le directeur de la maison de prêts sur gages, qui laisse ruiner de pauvres familles, peuvent prendre la clef des champs, si bon leur semble, et si par nécessité on les prend, ils viennent dire au tribunal comme Mirès : « Vous autres *magistrats*, vous ne pouvez pas comprendre *notre manière de faire*, donnez-moi pour juges des banquiers ; ils saisiront mes raisonnements ; ils m'innocenteront ; bien plus, ils me glorifieront et me proclameront un homme de génie! » A quand les autres? Je réitère mon interrogation, car à l'audience Mirès, M⁰ Duval a clairement annoncé qu'il y en a d'autres encore et beaucoup! Ce fut, je vous l'assure, une scène curieuse, dont les plus grands acteurs n'ont peut-être jamais donné l'idée, que celle où M⁰ Léon Duval a tiré de son portefeuille la liste des *comptes courants*, cette liste qui renferme tant de secrets. Comme il l'a fait panacher en l'air en disant : « Cette liste, la voilà! Oui, la voilà! Vous dites que les noms » qu'elle contient sont insolvables. Qu'en savez-vous? Moi » qui les connais, ces noms, je vous réponds hardiment : — » Ces noms sont très-solvables. Je ne les nommerai pas, » mais je garde ma liste. » Quel coup de théâtre, et comme tous les regards et toutes les curiosités étaient suspendues à ce papier mystérieux qui jouera peut-être quelque grand rôle dans les procès de l'avenir, car l'affaire Mirès n'en est qu'à son premier acte. Un magistrat qui s'y connaît disait après la condamnation : — Ce n'est pas une affaire terminée, c'est une affaire qui commence. Plus d'un mot a ricoché du palais dans le public, où chacun le répète et le met à toute sauce. — De M. Mirès : « c'est le Saint-Vincent-de-Paule « *des actionnaires*. » — Du comte Siméon : « le fils du concordat. » — De l'ennemi intime de M. Mirès : « J'ai du Pontalba dans ma tabatière. »

Et ces individus décorés, admis à la *Cour*, n'ont rien fait de plus que tous ceux qui se sont enrichis depuis dix ans, depuis que la presse est obligée de se taire, parce que la France est exploitée par une société anonyme!

Est-ce le funèbre *Mané, Thekel, Pharès*, des festins de Balthazar qui s'annonce? Jugez de ce que la France apprendrait, si elle avait une presse, comme je ne cesse de vous le dire! Voyez quels ravages a causés, venant d'en haut, l'abominable doctrine, de la *jouissance* et *du pouvoir à tout prix*. La soif dévorante d'un luxe stérile et insensé, outrage permanent à la misère d'un peuple; les insatiables appétits des plaisirs matériels ont envahi toutes les classes. Des fortunes non moins subites que celle de L. Bonaparte ont porté en un tour de roue les *insolvables* de Décembre, au faîte de l'opulence. Des faiseurs tarés, des banqueroutiers, des grecs, des escrocs, des « *coquins de la haute et basse pègre*, » dont naguère encore la botte éculée laissait paraître l'orteil, — roulent carosse insolemment, font bâtir des palais d'une splendeur fabuleuse, où ils donnent des dîners assyriens, entretiennent des troupes de concubines à cent mille francs l'une et, va-nu-pieds avant le coup d'Etat, perdent ou gagnent en une nuit dix mille louis; comme ces corrompus sont déjà repus, rassasiés, blasés par la satiété de tous les plaisirs à peu près licites, quelques-uns essaient de ranimer leurs sens glacés en recherchant dans l'ombre des *voluptés monstrueuses*, comme, par exemple, ce vieux conseiller à la Cour de Paris, *jugeur* de républicains, qui conduit chaque jour au bois de Boulogne deux drôlesses de ses *amies*.

Ces fuites, ces déficits, ces abus de confiance émeuvent profondément Paris, le centre de toutes les turpitudes bonapartistes, et, je vous le dis, la conscience se réveille et les jours de l'immoralité sont comptés.....

La balançoire de la question romaine commence à s'user et il n'y a plus que quelques incorrigibles jobards qui prennent au sérieux les jongleries décembristes. Réformer la religion catholique à Rome dans le sens « *libéral* » pendant qu'on opprime les réformés en France, cela dépasse la permission. Mais tout est possible chez nous, en l'absence de la liberté de discussion.

Ainsi, il y a des protestants à Limoges, ces protestants ont un temple, et on leur refuse une école! Le culte qu'ils exercent publiquement n'a jamais porté atteinte à la tranquillité de la ville, et on veut nous faire croire que leur école la troublerait! Ils peuvent propager leurs doctrines au moyen de la prédication, mais ils ne peuvent avoir un instituteur pour les enseigner à leurs propres enfants! Je ne suis pas partisan des écoles confessionnelles. Selon moi, les écoles sont des institutions civiles, qui n'ont absolument rien de commun avec les diverses confessions théologiques; mais, comédiens! puisque vous avez des écoles catholiques, souffrez également les écoles des autres sectes, et puisque vous braillez tant contre l'autocratie romaine, en matière de conscience, laissez libre ceux qui en appellent à la liberté de conscience. Savez-vous le vrai motif de cette persécution? C'est que les écoles catholiques sont, sous la domination des curés et des agents impériaux, de véritables institutions d'hébètement, et que si l'on permettait des écoles protestantes généralement mieux tenues et mieux dirigées, les écoles officielles seraient désertes, la matière abrutissable diminuerait. Tel est le secret de cette conduite. N'oubliez pas que nous sommes en *Bas-Empire*.

Bourgeois, voici la définition de votre mascarade !

« L'empire est un assemblage hybride de soldats, de moines, de vivandières. De temps en temps le son du fifre, une strophe de *Te Deum* ou le refrain d'une chanson à boire s'élève du milieu de la cohue avinée, mais ils sont bientôt étouffés par le roulement du tambour! »

Prolétaires, voici votre empire !

A César ton argent, peuple ; à toi, la famine,
N'est-tu pas le chien vil qu'on bat et qui chemine
Derrière son seigneur ?
A lui la pourpre ; à toi la hotte et les guenilles.
Peuple, à lui la beauté de tes femmes, tes filles.
A toi leur déshonneur !
(V. Hugo, *Châtiments*).

Londres, 15 août 1861.